El flamboyán amarillo

GEORGINA LÁZARO LEÓN

Ilustraciones de
MYRNA OLIVER

1996

ediciones huracán

Primera edición: 1996

Diseño: José A. Peláez
Ilustraciones: Myrna Oliver
Tipografía: Yvette Torres

© Ediciones Huracán, Inc.
Ave. González 1002
Río Piedras, Puerto Rico 00925
Tel. 763-7407 (voz y fax)

Impreso y hecho en Santafé de Bogotá, Colombia
Printed and made in Santafé de Bogotá, Colombia
ISBN: 0–929157–33-8

Agradecemos la contribución de PLAZA DEL CARIBE
para la publicación de este libro.

Para Jorge, protagonista de esta historia;
para César, que me estimuló a contarla;
y para José Alberto, que ha querido
escucharla tantas veces...

Hace tiempo y no hace tanto,
unos años nada más,
fui a un paseo por el campo,
de la mano de mamá.

Caminamos un buen rato,
la vereda se hizo trillo
y allá, a lo lejos, lo vimos;
un flamboyán amarillo.

Atraídos por su oro
caminamos un buen trecho.
El monte se hizo más monte,
el camino más estrecho,
y el paisaje más hermoso
que una obra de Murillo.

Era una visión tan bella...

un flamboyán amarillo.

Merendamos a su sombra.

Hacía un calor sofocante;
era pleno mes de junio,
lo recuerdo como antes.

Miré a mi madre a la cara
y vi en sus ojos un brillo.
Sé que estaba enamorada
del flamboyán amarillo.

Mientras ella descansaba
yo me entretuve jugando,
y se me ocurrió una idea,

y así corriendo y saltando
recogí una semillita
y la puse en mi bolsillo.
Allí guardaba el comienzo
de un flamboyán amarillo.

Cuando venía de regreso
yo le conté mi ocurrencia
y "mi primera maestra"
me dio una clase de ciencias.

Pero yo no podía oírla;

tenía en el alma un tordillo
que me cantaba canciones
del flamboyán amarillo.

Cuando llegamos a casa
colocamos la semilla
en una maceta grande
muy bonita y muy sencilla.

La pusimos con cuidado
a la sombra, en los ladrillos.
¡Qué feliz nacería aquí
mi flamboyán amarillo!

y de aquí en adelante
ejercicios de paciencia;
mucha agua, mucho sol
(siguió la clase de ciencias).

"Que nada le haga daño."
"Que no le dé gusanillo..."
para que brotara hermoso
mi flamboyán amarillo.

Un día mientras jugaba
convertido en carpintero
fabricando no sé qué,
ni me importa, ni recuerdo,

vi que había germinado
y me olvidé del martillo.
Tenía dos hojas pequeñas
mi flamboyán amarillo.

Y fue un momento sublime.
Sí, un momento especial:
fue como abrazar la tierra,
fue como el cielo besar.

Me sentí parte de Dios
su edecán, su monaguillo

Le ayudé en la creación

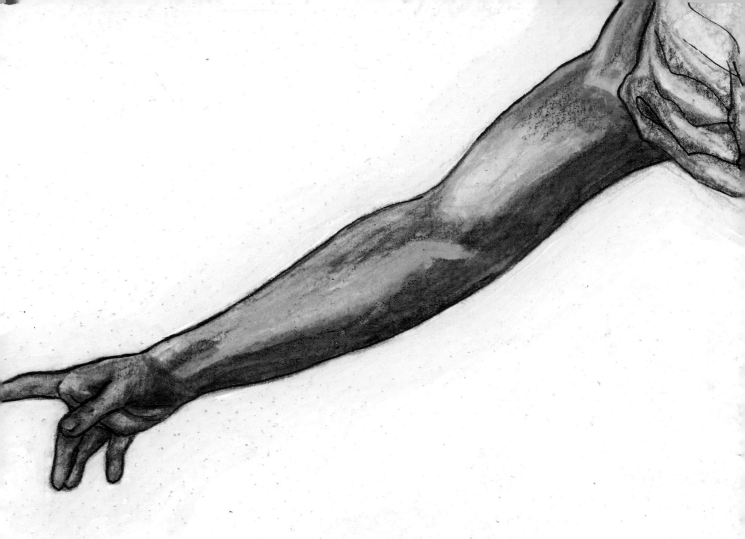

de un flamboyán amarillo.

Entonces pasaron meses.
Fue creciendo el arbolito
y cuando estuvo más fuerte,
en el momento preciso,

buscamos la carretilla,
la pala y hasta el rastrillo
para transplantar el árbol:
mi flamboyán amarillo.

Una noche en que soñaba
con mi árbol florecido
con niños que le cantaban,
con tesoros escondidos...

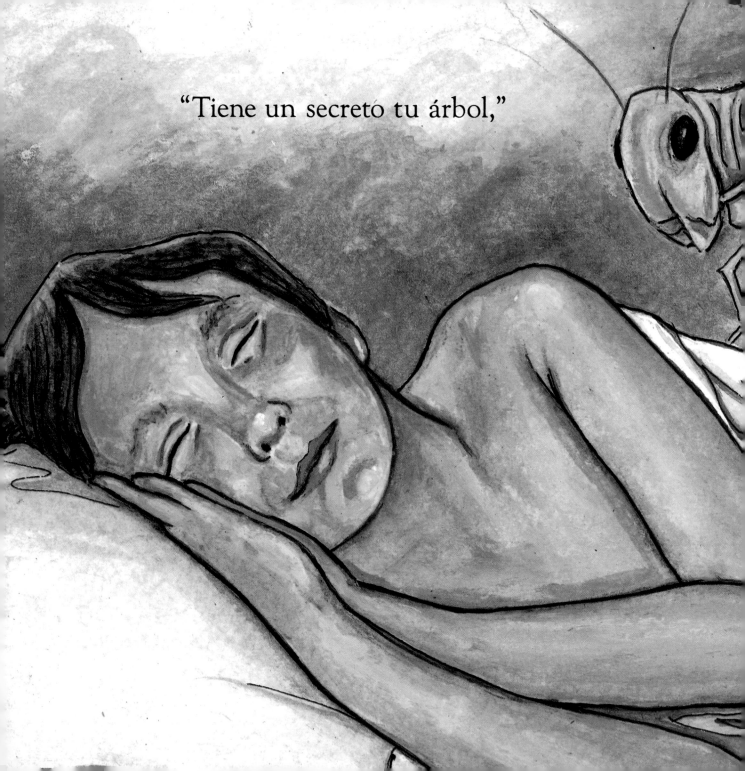

"Tiene un secreto tu árbol,"

cantando me dijo un grillo,
"Tiene un secreto tu árbol,
tu flamboyán amarillo".

Pasaron algunos años,
ya la cuenta la perdí,
yo cuidaba de mi árbol
mamá cuidaba de mí.

A él le salieron más ramas,
yo mudé hasta los colmillos.
Y crecimos yo y mi árbol:
mi flamboyán amarillo.

Y otra mañana de junio
tan bonita como aquella
mi vida se hizo jardín
y en él se posó una estrella
cuando vi por la ventana
al pasar por el pasillo

que había florecido mi árbol:
mi flamboyán amarillo.

No había oro entre sus ramas.
Había coral, fuego, sangre

como el amor que a mi tierra
me enseñó a darle mi madre.

Y entonces supe el secreto,
aquel del que me habló el grillo:

¡Había florecido rojo,
mi flamboyán amarillo!

**Este libro se terminó de imprimir
en los talleres gráficos de:
Panamericana Formas e Impresos S.A.
Santafé de Bogotá, D.C. 1999
Impreso en Colombia - Printed in Colombia**